Y fue siempre fiel a Cristo

La vida de san Judas Tadeo

Martín Isidro Vázquez León

Platero
COOLBOOKS

Título: Y fue siempre fiel a Cristo

Primera edición: noviembre, 2024

© 2024, del texto Martín Isidro Vázquez León.

© 2024, de la edición, maquetación y diseño Platero CoolBooks.

© Platero Editorial S.L.

Glorieta Fernando Quiñones s/n .

Edif. Centris, planta 2, módulo 10. 41940 Tomares (Sevilla)

info@plateroeditorial.es

www.plateroeditorial.es

Diseño de portada: Platero CoolBooks.

Printed in Spain-Impreso en España

ISBN: 978-84-10062-78-8

Depósito Legal: SE 2839-2024

*A mi madre, que me dejó
el recuerdo para siempre
de aquel día en el que me dijo
que fuera a ver y a rezarle
a san Judas Tadeo.*

Capítulo 1

Avanzada la tarde y después de un día intenso de trabajo para ambos, Jesús y su primo, Judas Tadeo, se retiran para conversar. Se sienten comunicados y felices de ser compañeros y amigos todos los días cuando acaban sus correspondientes labores y los diálogos entre los dos primos son afables y cordiales siempre, unas veces entre ellos y otros en los que se les une Santiago, hermano de Tadeo.

—Los días son muy constantes de trabajo en la carpintería con mi padre José, apenas nos queda espacio para descansar, pero el trabajo es siempre hermoso y tiene todo tipo de recompensas. El sacrificio y el esfuerzo que pones en hacerlo nunca resulta en vano, y como no sea así, la vida carece de sentido y no se va por ningún buen camino. Hay que tener actividad siempre, sea en lo que sea, la quietud y la pasividad se debe ahuyentar de nuestras vidas siempre.

—A mí, primo Jesús, con mi trabajo me sucede lo mismo, a veces agota y hasta desquicia, pero bendito sea eso siempre, porque luego vienen las recompensas por el esfuerzo realizado y, en nuestro día a día, gusta la actividad, atrae la ilusión por hacer las labores a las que estamos obligados. De trabajar viene el bien y hay que amar siempre el trabajo por mucho que nos cueste.

—Hay que ganarse el pan con el sudor de nuestra frente, hay que buscar el pan de cada día con nuestro esfuerzo y paciencia y hay que ser responsable siempre en la vida y nuestro medio de vida hay que desarrollarlo con mucha constancia. Ser constante es lo principal para que toda faena al final resulte.

—Así es, primo Jesús, y la paciencia y la resistencia deben imperar en todo trabajo.

—Qué importante y qué necesario es tener paciencia en todo lo que hagamos en la vida. Con paciencia y con constancia difícilmente fracasaremos en la vida, con ambas virtudes el trabajo sale para adelante y nos da la vida, nos otorga lo necesario para poder vivir. El oficio de carpintero se nutre a base de paciencia y de minuciosidad, hay que hacerlo con mucha fijación y dedicación, hay que medir con exactitud y partir las maderas con cuidado y a la perfección para que luego encajen bien y todo quede bien hecho. La carpintería es difícil, Tadeo, pero cuando le coges el dominio y la experiencia de haberlo hecho mucho tiempo, todo resulta más llevadero, y muchas veces, lejos de ser pesado o cansado, resulta hasta placentero y entretenido y gusta.

—Todo oficio, por muy duro y sacrificado que sea y por mucho que nos cueste, al final es positivo y enriquecedor para nuestras vidas, y el trabajo hay que hacerlo siempre, nos guste más o nos guste menos, y que forme parte siempre de nuestra vida cotidiana —concluyó Judas Tadeo esta tertulia con Jesús para irse a cenar ambos, muy satisfechos de la buena relación que mantienen y de los gratos momentos que pasan cuando tienen tiempo y pueden reunirse para conversar en su aldea de Nazaret.

Capítulo 2

Nazaret, Galilea, año 30

—Querido primo Judas Tadeo. Como pariente mío que eres y hermano y amigo de toda la vida, porque hemos sido compañeros inseparables durante nuestra adolescencia y juventud, deposito en ti toda mi entera confianza para hacerte una revelación. Tadeo, tengo que decirte que mi vida va a cambiar a partir de ahora. No se va a parecer en nada a la que he llevado hasta ahora, aquí en Nazaret, con mis padres trabajando. Tengo que manifestarte algo muy importante y es que he sentido una transformación y ya no voy a hacer lo mismo que he hecho hasta el presente en mi existencia.

—Me sorprenden gratamente tus palabras, Jesús, algo nuevo parece que está pasando contigo ahora, algo divino ha brotado en tu ser que parece como si ya no fueras el mismo, como si hablaras conmigo de una forma especial, única y maravillosa. Jesús, háblame y dime lo que sientes y lo que te propones hacer con ese destello de luz celestial que te ha iluminado y que te ha hecho sentirte un hombre nuevo…

—Así es, Tadeo, es algo divino, como tú me has dicho, es algo venido del cielo, es como una luminaria prodigiosa que me llama, que me motiva a abandonar Nazaret y el estilo de vida que he llevado hasta ahora y a iniciar una nueva etapa en favor y provecho y beneficio de todos los hombres.

—Por lo que estoy comprobando, primo Jesús, deseas comenzar una vida pública, una vida de acercamiento a la población, para difundir lo que es la verdad auténtica que todos deben de seguir para una mejor evolución y funcionamiento de la convivencia entre los humanos, entre los que tú sientes a todos como tus hermanos e hijos todos de Dios…

—Tus palabras, Tadeo, son justas y acertadas hacia lo que me he propuesto por designios divinos. Y quiero predicar mi doctrina, que es, ante todo, la del amor y la misericordia de Dios. Quiero entregar a la tierra un mensaje de paz y de amor y no solo para los judíos, sino para todos los pueblos. Me quiero dirigir a todos los hombres y elevarles a todos la dignidad humana.

—Nosotros, Jesús, tanto tú como yo y como mi hermano Santiago, que hemos tenido una educación basada en el conocimiento de la Sagrada Escritura y en la rigurosa observación de la Ley y hemos leído mucho y hablamos en griego y en arameo, no podemos hacer otra cosa que buscar la fraternidad entre los hombres, el amor al prójimo, el perdón, la renuncia a los bienes materiales y la igualdad de todos los hombres ante Dios.

—Así es, Tadeo, eso es lo que yo quiero, tus pensamientos y tus convicciones hacia lo mejor para los seres humanos son iguales a los míos. Y quiero que sepas que con esta doctrina no pretendo hacer una religión nueva porque yo no he venido a destruir la Ley, sino solo deseo perfeccionar la del pueblo hebreo.

—Tus palabras, Jesús, llenas de caridad, transmiten un significado universal y le pedimos a Dios que nos ayude a que sean un éxito y que nuestro paso por la tierra no decaiga nunca y jamás se olvide y quede para siempre. Estoy asombrado de lo que sabes y me estás enseñando, primo Jesús, y yo, que he estado tantos años tan unido a ti, deseo ser discípulo tuyo y colaborar siempre con todas tus acciones y mensajes para la felicidad y el bienestar de todos los hombres. Mi sentimiento, el palpitar de mi corazón me dice: «¡Gracias, Jesús, por asociarme aún más a tu vida!».

—Gracias a ti siempre, Judas Tadeo, por manifestarme esa pasión y esa fe y confianza en todo lo que yo pueda hacer. Esta gran aventura, Tadeo, ya comienza en nuestras vidas, y te repito que te estoy muy agradecido por querer colaborar conmigo desde el primer momento y con esa ilusión y esa pasión, porque eres valiente y fiel, amistoso y humilde. Y te quiero ante todo en este gran proyecto para nuestras vidas y la de otros discípulos que quieran unirse a nosotros en este interesante futuro que nos espera.

Capítulo 3

Boda en Caná de Galilea. Miércoles por la tarde. Salen con antorchas en busca de la esposa y se trasladan hasta la vivienda del esposo. Se celebran allí las bendiciones, los bailes y la comida. En este acontecimiento, casi todo el pueblo está invitado. La puerta está abierta a todos los habitantes. Hay un patio, que se usa de templo, de comedor y de sala de baile. Se separan los corros de los hombres de los de las mujeres en el patio. Transcurre esta fiesta durante varios días.

—Jesús, se ha acabado el vino —dijo María.

—¿Qué tengo yo contigo, mujer? Todavía no ha llegado mi hora.

—Haced lo que él os diga —dijo a continuación María a los sirvientes.

—Llenad las tinajas de agua —dijo Jesús a los sirvientes y ellos las llenaron hasta arriba.

—Ahora sacadlo y llevadlo al maestresala.

El maestresala probó el agua convertida en vino y llamó al novio y le dijo:

—Todos sirven primero el vino bueno, y cuando ya están bebidos, el inferior. Tú, en cambio, has reservado el vino bueno hasta ahora.

Al hacer este primer milagro Jesús en Caná de Galilea, manifestó de esta manera su gloria y Judas Tadeo y todos los discípulos creyeron en él. Judas Tadeo, que siempre fue fiel amigo y ahora apóstol de Jesús, sintió una gran fe hacia su primo y creyó desde un principio en su poder para hacer milagros y grandes obras por los demás. Y su fe en Jesús siguió con intensidad cuando supo cómo curó al hijo de un funcionario real. Este tenía un hijo enfermo que se iba a morir. Y le rogó a Jesús que curase a su hijo.

—Si no veis señales y prodigios, no creéis.

—Señor, baja antes de que se muera mi hijo.

—Vete, que tu hijo vive.

El hombre creyó en Jesús y sus siervos después le dijeron que su hijo estaba vivo.

Fue todo muy rápido y el funcionario y toda su familia creyeron en Jesús. Terminada la semana de bodas, Jesús no volvió a Nazaret. Con dos discípulos y su madre bajó a Cafarnaún y Judas Tadeo y su hermano Santiago regresaron a Nazaret, pero poco después, cuando ya iba a llegar la Pascua, fueron con Jesús a acompañarle en su subida a Jerusalén con los demás discípulos y Nanatael.

*** *** ***

El nombre de Judas Tadeo estaba en el corazón de Jesús y fue pronunciado por los labios del Maestro, porque su primo sería para siempre uno de sus más cercanos colaboradores y apóstoles. Y ya siempre, cada paso del Maestro sería una lección para su pariente y discípulo Judas Tadeo.

Capítulo 4

Jesús proclamó el «Sermón de la Montaña» con las Bienaventuranzas y el repaso que Jesús hace de los preceptos legales de la Ley.

—Reconozco y os manifiesto, mis queridos discípulos y amigos en la fe de Dios, que la nueva doctrina que os voy a dar os va a ser muy complicada y oscura para todos vosotros poderla aceptar.

—¿De qué se puede tratar?

—¿Tan oscura es o tan extraña que no nos sintamos seguros y nos haga tambalear la fidelidad que os profesamos, nuestro Maestro del alma?

—Así es, Judas Tadeo, y ante ti y ante tus otros once compañeros de apostolado os presento con toda fuerza y esperanza en que lo podáis admitir, este gran reto, este desafío que oscila entre la fidelidad a la Ley que guardáis desde niños y esta nueva doctrina que os entrego a todos ahora en esta montaña donde estamos reunidos. Se trata del verdadero programa del Evangelio.

—En esta suave, verde y tranquila colina, junto al mar de Galilea donde todos nosotros, tus fieles seguidores nos sentimos felices y sosegados y llenos de la paz y la espiritualidad que tú, nuestro amado Jesús, nos transmites con todo tu buen y generoso corazón, queremos escucharte, que nos digas esas frases sabias que sin duda nos van a exaltar unos nuevos valores, porque tenemos fe en ti, maestro Jesús, y no tienen por qué ser nada oscuro o desconcertante.

—Pues, mi apreciado primo Tadeo, te agradezco en el alma esa fidelidad y esa gran esperanza y esos buenos deseos hacia lo que os voy a decir, que no es otra cosa que una exaltación de los valores que el mundo desprecia. Yo, ante todo, os digo ahora, mis queridos amigos, que yo lo que quiero es un hombre nuevo, que viva y camine por la existencia regido por valores diferentes a los del mundo, que comete injusticias en nombre de la justicia, que pregona la libertad y se la niega a quien no piensa igual que él; que denuncia en los demás lo que se tolera a sí mismo; que habla de servir y se aprovecha de todo para sí mismo; que despedaza el verdadero amor haciéndolo mil pedazos… Frente a todo esto yo quiero ser la Verdad en contra de la mentira, la Virtud contra el egoísmo. Quiero siempre la virtud en los corazones y la rectitud en la sociedad.

—Todas tus palabras son sabiduría, son las verdades de la vida, aunque haya muchos que no las vayan a cumplir y que no las tengan en cuenta y les den de lado en su caminar por la existencia. Pero nosotros, Maestro, estamos aquí para escucharte, que nos las pronuncies y procurar comprenderlas y tenerlas ya siempre presentes en nuestras vidas.

—En este maravilloso lugar donde nos encontramos todos reunidos, os voy a decir por primera vez cada una de las palabras de las Bienaventuranzas.

Todos los apóstoles oyen este Sermón de la Montaña y contemplan con emoción y felicidad a Jesús, escuchan sus maravillosas y afortunadas palabras con total adhesión. Pero aquellas frases fueron muy complejas y desconcertantes para todos, en un primer momento no encajaron de lleno en sus sentimientos, pero, no obstante, Tadeo reconoció y aceptó plenamente lo que su primo pronunció porque lo dejó todo en su vida por seguirle a Él.

Y este discurso fue impactante para todos los discípulos. En el Monte de las Bienaventuranzas estaban Pedro, Santiago, Andrés, Mateo, Juan, Judas Tadeo… Y los doce escucharon absortos lo que les dijo Jesús:

Bienaventurados los pobres de espíritu,
porque de ellos es el reino de los Cielos.

Bienaventurados los mansos, porque ellos
poseerán en herencia la tierra.

Bienaventurados los que lloran, porque
ellos serán consolados.

Bienaventurados los que tienen hambre
y sed de la justicia, porque ellos
serán saciados.

Bienaventurados los misericordiosos, porque
ellos alcanzarán misericordia.

Bienaventurados los limpios de corazón,
porque ellos verán a Dios.

Bienaventurados los que trabajan por la
paz, porque ellos serán llamados
hijos de Dios.

Bienaventurados los perseguidos por
causa de la justicia, porque de ellos
es el Reino de los Cielos.

Bienaventurados seréis cuando os injurien,
y os persigan y digan con mentira toda
clase de mal contra vosotros por mi causa.

Alegraos y regocijaos, porque vuestra recompensa
será grande en los cielos; pues de la misma manera
persiguieron a los profetas anteriores a vosotros.

Judas Tadeo y todos aquellos que escucharon predicar a Jesucristo las Bienaventuranzas eran invitados
a tenderse sobre una cruz, para que encontraran la
dicha en un nivel más superior y rechazaran todo lo
que el mundo tiene por sacrosanto, lo que el mundo
considera algo inalcanzable. Judas Tadeo y los otros
discípulos comenzaron a entender (no así el Iscariote)
y dieron su vida por aquellas palabras tan verdaderas,
pronunciadas por el que tanto los amaba, los había
elegido y que ya estaría con ellos todos los días de su
vida.

Capítulo 5

Los apóstoles se encuentran con Jesús en el monte de los Olivos. Verde y fértil, desde su cumbre se divisa una vista preciosa de toda la ciudad de Jerusalén, y desde otra dirección el desierto de Judea, las montañas de Moab y el valle del Jordán.

—Jesús, yo he aprendido en mi ambiente familiar a hablar con Yahvé, y lo hago, sobre todo, por medio de los Salmos.

—Primo Tadeo, yo te he elegido para ser un mensajero de una nueva clase de vida, y este favor que pretendo de ti no está en contra de tus costumbres familiares, sino que además deseo que las encamines a la plenitud. Tú vas a ser el gran testigo de cómo se puede llamar Padre a Yahvé Dios.

—Nos sentimos felices con tus enseñanzas, Maestro, nos identificamos plenamente con tu sabiduría y tus lecciones y consejos para una vida mejor, que hay que extenderlas y que se conozcan por los seres humanos, cuanto más se divulguen, mejor será la existencia para todas las comunidades y para todos los pueblos.

—Las enseñanzas y las palabras nuevas nos van a beneficiar y enriquecer a todos, querido Tadeo, en mí y en vosotros, mis discípulos, está siempre difundirlas y que los mensajes lleguen

—No nos vamos a quedar nunca parados, Jesús, vamos a hacer todo lo posible para que tantas verdades como dices, tu Verdad, llegue a los corazones y al entendimiento de todos los seres humanos en el futuro.

—Me satisfacen todas vuestras acertadas palabras y objetivos en torno a lo que es la Verdad divina, la Verdad del Cielo. Debe llegar al mundo, no debe quedar para una minoría o para una comunidad aislada. Y cuento con vosotros, amigos discípulos y fieles colaboradores y mensajeros de lo positivo, de lo adecuado, de lo necesario, de lo imprevisible y de lo auténtico y siempre hermoso para una existencia plena y alegre, un reino donde todo sea dulce y esplendoroso y donde el pecado esté muy apartado de nuestra convivencia.

—Aquí donde estamos, en este monte de los Olivos, no te vamos a hacer cualquier pregunta, maestro Jesús, sino que te vamos a pedir una necesidad muy profunda del corazón humano. Lo que te pedimos es que nos enseñes a orar, qué tenemos que decir para dirigirnos a Dios.

—La oración que os voy a pronunciar para dirigiros a Dios en vuestras necesidades y tribulaciones, para poder comunicaros con Dios vosotros ahora y toda la humanidad en el futuro, es la oración del Padrenuestro.

Una vez dicho el Padrenuestro a los apóstoles, Jesucristo les explica que todo lo que se puede y se debe decir al Padre está reunido en las siete peticiones que hay que saberse de memoria. Jesús dice a todos que son tan sencillas que las pueden aprender hasta los niños, pero, al mismo tiempo, tan profundas que podemos estar toda una vida entera meditando sobre su sentido.

—Muchas gracias, Jesús, por enseñarnos a orar.

—Mi gratitud es hacia todos vosotros, mis queridos apóstoles, porque habéis tenido el mayor interés y deseo porque os lo enseñara, porque habéis tenido confianza en mí para escuchar y aceptar y abrazar estas palabras para siempre en vuestras vidas. Quiero que sepáis y que tengáis siempre presente que con esta oración que os he enseñado y que ya forma parte de vuestro mundo de hoy y del futuro, no se enseña solo las palabras, sino que enseña que en nuestro coloquio con el Padre debemos ser sinceros plenamente y tener una apertura total. Esta oración, que ya conocéis, debe formar parte para siempre de vuestra vida y debéis de llevarla y practicarla día a día, no puede ser algo marginal o utilizarla como un suplemento. Con ella tenéis que encontrar la voz, la verdadera voz que ilumine vuestras almas de esperanza. Con la oración del Padrenuestro vais a encontrar un horizonte nuevo y auténtico en vuestras vidas, queridos amigos discípulos. Y comenzará con vosotros y se extenderá a todos los hombres en el futuro, a la humanidad entera que desee practicarla para su gozo y bienestar de comunicación y entrega de fe y de esperanza a Dios Nuestro Señor. La oración es la que nos libera de todo lo que nos oprime; de todo por lo que nos avergonzamos, de lo que por su naturaleza nos separa y nos aleja de Dios. La oración es la que siempre nos derriba el muro que el pecado y el mal pueden haber levantado entre nosotros, los hombres, y Dios.

—Tu sabiduría nos impresiona y nos siembra de dicha y alegría, de bienestar y esperanza para nuestras vidas que necesitaban expresar la fe en Dios a través de una oración como la del Padrenuestro, que tú nos acabas de enseñar y que siempre formará parte de nuestras vidas, porque la vamos a llevar todos los días de nuestra vida en nuestros corazones. ·

—Me satisface, Tadeo, se engrandece mi alma y espíritu de que sea así, de que lo sientas y lo manifiestes de esa manera tan pura.

—Para mí, querido primo Jesús, esta manera de hablar con Dios es nueva. Y estoy impresionado y admirado, mi Maestro y pariente y amigo, de tanto como sabes, porque tu sabiduría es total, y tanto como me enseñas a mí y a todos los compañeros de apostolado. Con estas palabras que pronto voy a aprender de memoria y que voy a recitar como el mejor de todos los Salmos y oraciones de la tradición hebrea, un mundo nuevo se abre en mi vida en la oración ante Dios.

Jesucristo, un rato después, se aparta de todos sus discípulos estando en el monte de los Olivos, y se queda a solas. Y comienza a orar el Padrenuestro. Cuando los discípulos ven que Jesús está en oración, se dicen entre ellos: «¡Cómo ora!». Y escuchan al acercarse a Él la oración que les acababa de enseñar ese día tan grande y especial para todos en el monte de los Olivos.

Padre nuestro que estás en los cielos,
santificado sea tu nombre; venga tu
Reino; hágase tu voluntad en la tierra
como en el cielo. Nuestro pan cotidiano
dánosle hoy; y perdónanos nuestras
deudas, así como nosotros hemos
perdonado a nuestros deudores, y no
nos dejes caer en la tentación, mas
líbranos del mal.

Que si vosotros perdonáis a los hombres sus ofensas, os perdonará también a vosotros vuestro Padre celestial; pero si no perdonáis a los hombres, tampoco vuestro Padre perdonará vuestras ofensas.

Capítulo 6

Jesucristo escoge el mar de Tiberíades para hablar a sus discípulos sobre el reino de los Cielos y darles instrucciones y explicarles las parábolas. En las aguas del mar de Tiberíades se dieron lugar muchas jornadas de la vida de Jesús. Hizo muchas curaciones en sus orillas, caminó en medio de una tempestad sobre sus aguas y mandó a los vientos y al mar y se produjo una gran calma, hubo una pesca milagrosa que hizo el Maestro para que Pedro, Santiago y Juan, que eran pescadores, abrazaran el ministerio apostólico, cerca de este mar o lago sucedió una de las conversaciones más importantes para la vida de la Iglesia. La sensación que produce este mar es impresionante. Su agua es dulce y buena para beber y su profundidad no es superior a los 50 metros. Los peces son muy abundantes y se pueden pescar grandes cantidades. Las tormentas son muy rápidas y asiduas. Las orillas de este lago tuvieron un gran atractivo en tiempos de Cristo.

—Maestro, despertad de vuestro sueño. ¿No te importa que nos hundamos? —gritaron los apóstoles a Jesús, que estaba dormido en popa.

Judas Tadeo recordó lo que sucedió hacía unos meses cuando se vio en la misma situación.

—¡Es un fantasma! —gritaron algunos.

—¡Ánimo, soy yo, no os asustéis! —exclamó Jesús en medio de la noche, que iba hacia ellos andando sobre el mar.

—Señor, si eres tú, mándame ir hacia ti caminando sobre las aguas —gritó Pedro.

—¡Ven! —dijo Jesús.

Pedro bajó de la barca y anduvo sobre el agua, pero mientras se acercaba a Jesús, al sentir el viento con fuerza, sintió miedo y comenzó a hundirse.

—¡Señor, sálvame! —gritó Pedro.

—¡Qué poca fe! ¿Por qué has dudado? —le dijo el Maestro a su discípulo mientras le extendía la mano y lo agarraba.

Luego subieron a la barca y amainó el viento y los apóstoles repetían a una sola voz:

—¡Realmente eres Hijo de Dios!

—¿Quién es este que hasta los vientos y el mar le obedecen?

—Yo duermo, yo duermo… pero mi corazón vela —repetía una y otra vez Judas Tadeo.

Tadeo dormía, Él duerme… pero su corazón vela. Él siempre está con nosotros, Jesús, el Maestro, siempre nos acompaña. ¡Es la confianza!

Capítulo 7

Marta y María envían unos mensajeros a Jesús para anunciarle que su hermano Lázaro está enfermo. Pero el Maestro no acude de inmediato. Dos días más tarde, es Jesús el que anuncia que Lázaro ha muerto.

—Señor, si hubieras estado aquí, no hubiera muerto mi hermano —dijeron primero Marta y después María.

Al oír el llanto de las hermanas y de otras personas que le tenían afecto al difunto, Jesús sollozó muy conmovido y enseguida preguntó:

—¿Dónde lo habéis enterrado?

Judas Tadeo y el resto de los apóstoles no pierden detalle y observan bien todo lo que está ocurriendo.

Jesús se detuvo junto al sepulcro de su amigo Lázaro y dijo: «¡Lázaro, sal fuera!». Con estas palabras tan llenas de poder, Jesús lo resucitó y lo devolvió a la vida y Lázaro salió de la tumba.

Antes de realizar el milagro, Cristo, levantando los ojos a lo alto, dijo: «Padre, te doy las gracias porque me has escuchado».

La fidelidad de Judas Tadeo a su primo y Maestro había ido afianzándose, pero a partir de aquel día de la resurrección de Lázaro reafirmó definitivamente su adhesión a Jesucristo, que demostró ese gran poder. Tadeo, después de este hecho extraordinario, de este prodigio de los Cielos realizado por su primo en la Tierra, quedó totalmente seguro de que, junto al Maestro, no había que temer nunca nada.

Capítulo 8

Judas Tadeo sabía el significado tan importante de la Pascua para Israel y para sus compañeros, los apóstoles que seguían a Jesucristo. La experiencia de Tadeo en la vida con su familia y en los dos anteriores años con su nueva familia junto a Cristo, era larga y consolidada y sabía bien de esta celebración importante del año hebreo. Con la Pascua los judíos celebran esta fiesta para recordar cómo pasó el Ángel del Señor por las casas de sus opresores, los egipcios, para ponerlos a ellos en libertad. Y llegó la Pascua de Jesús, los días de culto a Yahvé. Jesús quiso celebrarla con sus amigos tan queridos, deseaba comer el pan y beber el vino con ellos.

—Pedro y Juan —llamó Jesús a estos discípulos—, id a la ciudad y seguid a un hombre que os saldrá con un cántaro de agua y, donde entre, le decís al dueño: «El Maestro dice que dónde está el lugar en que ha de comer la Pascua con sus discípulos». Y os mostrará una gran sala y allí haréis los preparativos para nosotros.

Los apóstoles Pedro y Juan se fueron para la ciudad y hallaron, como Jesús les había dicho, y prepararon la Pascua.

La casa donde se va a celebrar la Cena Pascual es una sala amplia y amueblada. Las horas que preceden a la Pasión y Muerte de Jesús quedaron en la memoria y el corazón de quienes estuvieron con Él.

*** *** ***

Al comienzo de la cena, Jesús lava los pies a sus discípulos y da un humilde ejemplo de servicio. Todos los apóstoles se llevan una sorpresa al ver que el Maestro se pone la ropa de un esclavo y hace sus funciones.

Y Jesucristo tomó el pan, y dando gracias, lo partió y se lo dio a sus discípulos diciendo: «Esto es mi cuerpo, que se entrega por vosotros. Haced esto en memoria mía». Del mismo modo, y acabada la cena, tomó el cáliz diciendo: «Este cáliz es la nueva alianza en mi sangre, que es derramada por vosotros».

Jesús, durante todo ese tiempo, habla con mucho afecto a los apóstoles, dejando en sus corazones sus últimas palabras. Judas Tadeo lo escuchaba con emoción y con frescura: «Un mandamiento nuevo os doy: que os améis unos a otros. Como yo os he amado, amaos también los unos a los otros. En esto conocerán todos que sois mis discípulos, si os tenéis amor unos a otros».

En un episodio dramático de esta reunión, Jesús anuncia que uno de ellos lo va a traicionar.

—¿Soy yo? —pregunta de forma cínica e hipócrita Judas Iscariote.

—Tú lo has dicho. —Y a continuación le dice Jesús—: Lo que vas a hacer, hazlo pronto.

Judas Iscariote se marchó y la cena transcurre como una comida animada donde intervienen todos, llevando Jesús la iniciativa. Y llegó el momento en que Judas Tadeo tomó la palabra y le dijo a su primo Jesucristo:

—Señor, ¿y qué ha pasado para que tú te vayas a manifestar a nosotros y no al mundo?

A Judas Tadeo le intrigó mucho la novedad de que el mundo ya no recibiría la revelación de Jesús, y ellos en cambio sí.

Judas Tadeo experimentó —con los otros diez apóstoles— cómo su primo Jesús será la mayor víctima de la libertad pecadora y obstinada de los hombres. Pero Tadeo abandonó a Jesús y huyó con los demás y como los demás. Y Jesús quedó solo. Detenido para ser conducido a la condena a muerte y muerte de cruz. En el resto de su vida, para Judas Tadeo fue este el recuerdo que con más dureza punzaba en su corazón.

Capítulo 9

El temor hizo huir a los apóstoles, entre ellos Judas Tadeo, el que por razón de parentesco y por elección personal, estaba muy unido a la víctima de la más grande injusticia cometida en la historia de la humanidad. Después de crucificado Jesús, su cuerpo muerto hubiera quedado en la cruz, pero el valor de José de Arimatea y Nicodemo les llevó a enfrentarse a los enemigos de Cristo y obtuvieron los permisos para desclavar el cadáver de la cruz y darle sepultura. El Señor finalmente recibió una digna sepultura y la Virgen María se preparó para anunciar el acontecimiento gozoso e impresionante de la Resurrección. Las piadosas mujeres vieron sorprendidas la piedra rodada fuera del sepulcro y su tristeza fue mucha porque ya no estaba allí el cuerpo del Señor. María Magdalena es la primera creyente testigo y reveladora de la resurrección de Jesucristo. Esta feliz noticia se la llevaron a los once apóstoles unas pocas mujeres, entre ellas María de Cleofás, la madre de Judas Tadeo. Ninguno de los discípulos estaba preparado para asimilar la enorme tragedia de su Maestro, muerto desnudo en la Cruz y la tragedia de su cobardía que les hizo no salir en defensa de Cristo. Los tres últimos años con su primo y los otros treinta años anteriores que se había tratado con Él, le daban a Tadeo alguna esperanza. Jesús no podía abandonarlos a ellos, como ellos sí lo abandonaron a Él, porque el Maestro era la misericordia personificada y era todo puro amor.

Capítulo 10

«Estoy con vosotros todos los días, hasta el fin del mundo». Judas Tadeo, al conocer estas últimas palabras de su primo Jesucristo, ya no tuvo en su corazón ninguna sombra de duda, porque si su familiar y Maestro durante tanto tiempo está ya para siempre con él, ¿por qué temer ya nada? Y el Espíritu Santo se posó sobre Judas Tadeo y sobre los otros discípulos y se confirmó totalmente la esperanza puesta en el Señor y de esta forma todos iban a comenzar una nueva vida. A los once, más tarde se les añadió Pablo y todos ellos habían sido elegidos por Cristo; Apóstoles de la Humanidad. Iban a dar comienzo a una misión, acompañados del Espíritu del Maestro. Y una nueva vida le esperaba a Judas Tadeo, porque comenzaba la dispersión evangelizadora.

***

Judas Tadeo decide escribir una epístola con motivo de haberse producido errores entre los cristianos hebreos. Su intención es la de prevenir a los lectores contra las enseñanzas depravadas y promover que mantengan con fidelidad la enseñanza de los Apóstoles. Y escribe:

Judas, siervo de Jesucristo, hermano de Santiago, a los que han sido llamados, amados de Dios Padre y guardados para Jesucristo. A vosotros, misericordia, paz y amor abundantes. Queridos, tenía yo mucho empeño en escribiros acerca de nuestra común salvación y me he visto en la necesidad de hacerlo para exhortaros a combatir por la fe que ha sido transmitida a los santos de una vez para siempre. Porque se han introducido solapadamente algunos que hace tiempo la Escritura señaló ya para esta sentencia. Son impíos, que convierten en libertinaje la gracia de nuestro Dios y niegan al único Dueño y Señor, nuestro Jesucristo. Quiero recordaros a vosotros, que ya habéis aprendido todo esto de una vez para siempre, que el Señor, habiendo librado al pueblo de la tierra de Egipto, destruyó después a los que no creyeron; y además que a los ángeles, que no mantuvieron su dignidad, sino que abandonaron su propia morada, los tiene guardados con ligaduras eternas bajo tinieblas para el juicio del gran Día. Y lo mismo Sodoma y Gomorra y las ciudades vecinas, que como ellos fornicaron y se fueron tras una carne diferente, padeciendo la pena de un fuego eterno, sirven de ejemplo. Igualmente estos, a pesar de todo, alucinados en sus delirios, manchan la carne, desprecian al Señorío e injurian a las Glorias. En cambio, el arcángel Miguel, cuando altercaba con el diablo disputándose el cuerpo de Moisés, no se atrevió a pronunciar contra el juicio injurioso, sino que dijo: «Que te castigue el Señor». Pero estos injurian lo que ignoran y se corrompen en las cosas que, como animales irracionales, conocen por instinto. ¡Ay de ellos!, porque se han ido por el camino de Caín, y por un salario se han abandonado al descarrío de Balaam, y han perecido en la rebelión del Coré. Estos son una mancha cuando banquetean desvergonzadamente en vuestros ágapes y se apacientan a sí mismos; son nubes sin agua zarandeadas por el viento, árboles de otoño sin frutos, dos veces muertos, arrancados de raíz; son olas salvajes del mar que echan la espuma de su propia vergüenza, estrellas errantes a quienes está reservada la oscuridad de las tinieblas para siempre. Henoc, el séptimo después de Adán, profetizó ya sobre ellos: «Mirad, el Señor ha venido con sus santas miríadas para realizar el juicio contra todos y dejar convictos a todos los impíos de todas las obras de impiedad que realizaron y de todas las palabras duras que hablaron contra él los pecadores impíos. Estos son unos murmuradores, descontentos de su suerte, que viven según sus pasiones, cuya boca dice palabras altisonantes, que adulan por interés. En cambio, vosotros, queridos, acordaos de lo que predijeron los Apóstoles de nuestro Señor Jesucristo». Ellos os decían: «Al fin de los tiempos aparecerán hombres sarcásticos que vivirán según sus propias pasiones impías». Estos son los que crean divisiones, viven una vida solo natural sin tener el espíritu. Continuando el edificio de vuestra santa fe y orando movidos por el Espíritu Santo manteneos en el amor de Dios, aguardando a que nuestro Señor Jesucristo, por su misericordia, os dé la vida eterna. Algunos titubean: tened compasión de ellos; a otros mostradles compasión, pero con prudencia, aborreciendo hasta el vestido que esté manchado por los bajos instintos.

Al único Dios, nuestro Salvador, que puede preservaros de tropiezos y de manteneros exultantes y sin mancha ante su venida, sea la gloria y majestad, imperio y poderío, por Jesucristo Señor nuestro desde siempre y ahora y por los siglos. Amén.

Judas Tadeo

Capítulo 11

Judas Tadeo y Simón tenían un espíritu misionero, y de ahí se deriva que se aventuraran con afán a la predicación del Evangelio después de la Ascensión de Cristo y de la venida del Espíritu Santo. Y realizaron maravillas y hechos extraordinarios y convirtieron a la nueva fe a mucha gente por los diversos lugares y territorios que recorrieron. En una de sus primeras andanzas, los dos apóstoles evitaron que mataran a sacerdotes paganos y dijeron: «No hemos venido a este reino a quitar la vida a nadie, sino a darla a muchos».

Tal suceso impresionó mucho al rey y autorizó a los misioneros a predicar el Evangelio de Jesús en todo el reino. Con sus palabras prodigiosas, sus vidas ejemplares y sus grandes milagros consiguieron innumerables conversiones. Transformaron a cientos de personas atrayéndolas al cristianismo. Judas Tadeo le restituyó la salud a un príncipe que padecía de una enfermedad incurable. Agradecido al apóstol, el gobernante quiso recompensar al santo con oro y plata, y Tadeo lo rehusó todo diciéndole:

—Si dejamos nuestra hacienda, ¿cómo recibiremos la ajena?

***

PREDICACIÓN EN JUDEA

Después de varias semanas extendiendo el Evangelio por Judea, Judas Tadeo y Simón el Cananeo conversan mientras cenan a las afueras de una aldea donde han estado todo el día predicando.

—Amigo y compañero Tadeo, si te digo la verdad, cada vez observo más el gran parecido que tienes con Nuestro Señor Jesucristo, que ya ascendió a los cielos y nos dejó a todos nosotros aquí en la tierra para que siguiéramos su ejemplo extraordinario. Pero el parecido que tienes con tu primo Jesús es físico y yo creo que también espiritual.

—Los dos siempre estuvimos muy unidos desde la infancia, siempre nos apreciamos mucho y yo siempre estuve aprendiendo de Él. Mi primo Jesús era un auténtico Maestro, era el predicador de la Verdad, era bondadoso y milagroso con todo el que le manifestaba su fe, era, Simón, mi gran amigo ahora en el recuerdo, lo más maravilloso que ha pasado por la tierra y ahora está con el Padre allá en el Cielo. Nos corresponde ahora a nosotros y a nuestros compañeros en el apostolado que han seguido caminos distintos, pero todos con el objetivo común de extender todas sus enseñanzas y verdades y de hacer todo el bien que podamos por los demás, siguiendo el ejemplo de lo que Él hizo. Debemos ser fieles a su memoria y serlo hasta el final de nuestros días hasta que nos reunamos con Él en el Cielo.

—Nosotros todos somos grandes compañeros y amigos y así lo haremos. La amistad que nos une, Tadeo, es la base principal para que el Evangelio lo extendamos y llegue a cuantos más lugares y más gentes mejor. La amistad es algo necesario y muy hermoso en la existencia, la amistad es una ilusión, es una emoción, un sentimiento innato en los seres humanos y todos debemos mirar y cuidar siempre a los buenos amigos. Las amistades sólidas y entrañables como la nuestra, Judas Tadeo, constituyen un ingrediente fundamental para ser feliz. Y nos aportan mucho en la vida, a veces es lo más importante que tenemos y lo que más sentido otorga a nuestra existencia.

—Así es, Simón, tus palabras son verdaderas y acertadas. Quien encuentra a un amigo de verdad y mantiene para siempre su relación con encanto, generosidad, apoyo y afecto fraternal, tiene un enorme tesoro en su vida.

—Los amigos auténticos, Tadeo, las grandes amistades son las que duran toda la vida y la fidelidad hacia el amigo se mantiene siempre. ¡Pero qué raro o difícil es esto y qué poquitas veces ocurre! ¡Qué fácil es perder grandes amigos cuando menos te lo esperas! Y por mucha amistad que haya entre dos personas, qué complicado es mantenerla viva e intensa para siempre.

—Es mejor no ser persona de muchos amigos, querido Simón. Al final te vas a quedar con muy pocos porque los buenos amigos, mientras no los pierdas, se cuentan tan solo con los dedos de la mano.

—Yo creo, Judas Tadeo, que a los amigos no hay que pedirles demasiados favores. Hay que conformarse con menos. Y en los amigos no se debe buscar el materialismo o el provecho. Las grandes amistades pueden sentirse mejor con los diálogos, los afectos y los sentimientos.

—La ingratitud de un gran amigo hacia otro es injusta y miserable. Bajo ningún concepto o razón se olvida y se es desagradecido con un amigo que lo ha sido de toda la vida.

—Eso es una triste realidad que a veces ocurre, estimado Tadeo, y es algo muy terrible y descorazonador. El que hayas dicho una verdad así me trae al recuerdo una historia de amistad entre Marnin y Leví que te voy a contar.

—Me interesa conocerla, Simón. No dejes detalle de esa relación que hubo porque me atrae conocer episodios de la vida de las personas y qué encontramos ahí en relación con el Evangelio.

—Leví y Marnin eran amigos desde la adolescencia. Pero fue una amistad tan fraternal, tan intensa, tan entregados el uno hacia el otro, que yo creo que no puede darse ningún caso en el mundo de una relación tan grande de afecto y de aprecio y de admiración, y apoyo como la que gozaban estos dos ciudadanos de Caná de Galilea. Marnin era poeta y artista y Leví era historiador. A ambos les unía el amor por las letras y la cultura. Leví admiraba el talento literario de Marnin como nadie y lo estimulaba, le daba siempre ánimos y le contagiaba todo el apoyo del mundo, como nadie lo hacía de todos los que conocían a Marnin. Como a Marnin le costaba demasiado esfuerzo poder llegar a conseguir la gloria literaria y a veces creía que de tan difícil como era alcanzarla y tener éxito, no podría lograrla nunca, su fiel amigo y compañero Leví no paraba de animarlo y de transmitirle su apoyo. En una ocasión, estando los dos en la puerta de la casa de Leví, Marnin estaba más pesimista que nunca sobre su futuro literario, pero al final le dijo a su amigo: «bueno, lo mejor es no perder la esperanza». Y Leví le contestó algo que Marnin no olvidaría nunca: «Yo creo, Marnin, que la esperanza no debes de perderla nunca».

Leví rezaba para que a su amigo le fueran bien sus aspiraciones y logros literarios y se entregaba de corazón hacia su amigo del alma, pues como te comento, Tadeo, era una relación de amistad la que tenían los dos como pocos casos se habrán dado en la historia de la humanidad.

—¡Qué amistad más grande y hermosa y duradera, Simón!

—Así es, Judas Tadeo, duró más de quince años, hasta que un buen día Leví encontró trabajo como mercader de frutas, porque como historiador no podría nunca buscarse la vida y casarse. Y a Leví le fue muy bien y ganó mucho dinero comerciando con las frutas y se casó y se fue a vivir a una aldea no muy lejos de Caná de Galilea, que se llama Betsaida. A raíz de la distancia de los dos hasta ahora grandes amigos, Leví se fue olvidando de Marnin, hasta el punto de que cuando iba para Caná y se encontraba Leví con Marnin no quería ya ni saludarlo y lo despreciaba y lo humillaba sin razones ningunas para hacer una cosa así de injusta y mezquina.

—Muy triste esta historia al final, querido Simón. Pero yo pienso que muchos desagradecidos pueden tener una respuesta cruel con el pasar del tiempo por haberlo sido con alguien que no lo merecía.

—Judas Tadeo, yo digo ahora: «El que escupe al cielo en la cara le cae».

—Yo pienso, Simón, que el hombre que un día recibe beneficio y gozo y felicidad de un amigo y luego lo olvida, es un ser que se convierte en un mal nacido y ya no tiene nada que ver con lo que era.

—Judas Tadeo, yo digo ahora: «El que escupe al cielo en la cara le cae».

—Yo digo, Simón, que quien ha estado muchos años presente en tu vida y te ha entregado siempre el corazón, no debiste despreciarlo y olvidarlo. Eso te puede resultar muy triste y desagradable con el pasar del tiempo.

—Judas Tadeo, yo digo ahora: «El que escupe al cielo en la cara le cae».

—Yo pienso, Simón, que quien desprecia a un gran amigo sin causas ni razones, es alguien egoísta y miserable que puede recibir algo inesperado que lo entristezca o lo desgarre quizás para siempre.

—Judas Tadeo, yo digo ahora: «El que escupe al cielo en la cara le cae».

—Yo creo, Simón, que hay hombres que se vuelven ingratos con amigos que tuvieron y ya no les interesan, los desprecian y los humillan. Pero algo pueden encontrarse de ellos durante el caminar por la vida que les duela y les haga llorar.

—Judas Tadeo, yo digo ahora: «El que escupe al cielo en la cara le cae».

—Yo pienso, Simón, que si alguien te ha tenido buen trato y te ha entregado su gran amistad, no lo olvides nunca. Si así lo haces, algo oscuro te puede azotar de él en el futuro.

—Judas Tadeo, yo digo ahora: «El que escupe al cielo en la cara le cae».

—Yo creo, Simón, que olvidarse de aquellos que lo fueron todo en tu vida es una ingratitud que a veces te puede golpear cruelmente. No debiste abandonar y humillar a aquellos que fueron excelentes sin motivos ni razones. Y para terminar te digo, amigo Simón, que la ingratitud humana es infinita, cada día puedes encontrar nuevas ingratitudes que te conmuevan y te indignen.

—El que escupe al cielo en la cara le cae. No tengo más palabras que decir, mi querido Tadeo, yo creo que son muy verdaderas y exactas.

Capítulo 12

PREDICACIÓN EN MESOPOTAMIA

Judas Tadeo y Simón el Cananeo conversan muy cerca del río Éufrates.

—Querido amigo y compañero en el apostolado, mi apreciado Simón, deseo manifestarte ante todo mi fidelidad de amigo, mi sólida e inquebrantable relación fraternal contigo, porque solo la muerte nos puede separar de nuestra hermosa amistad en la tierra. Me sorprendió la historia que me contaste cuando estábamos predicando en Judea de aquellos dos amigos que fueron y que se llamaban Leví y Marnin. Me duele en el alma y no comprendo ni me entra en la cabeza el comportamiento tan injusto y miserable como el de Leví a Marnin.

—Pues ahora te voy a contar otra historia de infidelidad y desprecio de un literato que se llamaba César hacia su buen y fiel amigo de más de veinte años de relación que se llamaba Mijaíl. César y Mijaíl se conocieron siendo adolescentes y su amistad y relaciones duraron toda una vida, pues te acabo de decir que fueron más de veinte años de encuentros, tertulias y amistad. César tuvo un padre que era un artista y Mijaíl siempre le elogió las obras de arte tan hermosas y maravillosas que hizo, pues Mijaíl admiraba el gran talento artístico del padre de César y, al mismo tiempo, el enorme talento que desarrollaba como escritor su amigo de tantos años. Mijaíl siempre fue muy generoso con César, le alababa y le reconocía el genio, tanto de su padre como el suyo. Pero además de estos buenos gestos de Mijaíl con César, sucedió que durante tantísimos años la amistad se mantuvo por la constancia y la fidelidad de Mijaíl. Mijaíl era siempre el que iba a buscar al literato, el que siempre iba a su casa y deseaba que se vieran y relacionaran. César nunca, a pesar de tantos años, tuvo el detalle de ir a buscar y echar un rato con Mijaíl, siempre fue Mijaíl al pie del cañón el que anduvo encima del literato, porque lo admiraba tanto que no quería perder su amistad.

—Qué historia esta, amigo Simón. Siempre era Mijaíl el que buscaba y se entregaba en amistad hacia César, porque este no hacía nada de nada hacia un gran amigo y una excelente persona como era Mijaíl.

—Pues al final, amigo Judas Tadeo, mira cómo terminó todo. César tenía un grabado y cuando lo vio Mijaíl le encantó. Entonces César le dijo que se lo iba a regalar y que le pondría una dedicatoria para que Mijaíl lo tuviera siempre como recuerdo suyo. Mijaíl se desvivió en gratitud y afecto hacia César por este regalo que le iba a hacer, le manifestó en todo momento que le hacía una ilusión muy grande. Esta historia de amistad de toda una vida acabó, amigo Judas Tadeo, porque César no le regaló a Mijaíl el grabado que le había prometido y cuando se encontraban por Caná de Galilea, a partir de entonces, Cesár nunca más volvió a saludar a Mijaíl y se mantuvo distante y despreciativo hacia él ya para siempre.

—Increíble, Simón, la historia que me acabas de contar de lo que pasó allí en tu ciudad de Caná de Galilea. Hay actitudes y comportamientos de las personas que no se pueden comprender y asimilar.

***

MESOPOTAMIA

Judas Tadeo y Simón el Cananeo dialogan otro día, después de almorzar, en la ciudad de Nippur, tras haber estado predicando el Evangelio durante toda la mañana.

—Querido amigo Judas Tadeo, me vienen los recuerdos y siento una profunda nostalgia. Los años que pasamos en la compañía del Maestro, las vivencias con nuestros compañeros los apóstoles, las enseñanzas y el corazón divino y excelso de tu primo el Mesías, de Nuestro Señor Jesucristo que murió trágicamente crucificado. Siento mucha nostalgia, Tadeo, esa es la verdad que te puedo decir.

—Simón, mi querido amigo, no puedes tener un mejor mañana si te lo pasas pensando en el pasado. No se debe ser nostálgico porque te encierra en un tiempo inútil y no piensas en el presente que es lo que más te puede aportar.

—Llevas toda la razón, esas palabras tuyas o consejos son sabios, pero cuesta mucho que la nostalgia no te atrape.

—La nostalgia es una emoción humana que no enriquece ni da gozo, más bien entristece. La nostalgia, Simón, es un sentimiento dañino y debes evadirte de él y procurar vivir el presente o soñar con el futuro, pero con un futuro que pueda ser mejor que el tiempo presente que vives. La nostalgia, Simón, no satisface ni da bienestar, el pasado, pasado está y no hay que volver a él de forma frecuente. No te obsesiones con la nostalgia, Simón, otros sentimientos merecen más la pena en la vida. Encuentra otras cosas y dile adiós a la nostalgia.

Capítulo 13

MESOPOTAMIA

Cerca del río Tigris, Judas Tadeo y Simón el Cananeo conversan después de cenar.

—Judas Tadeo, a veces pienso que lo peor de este mundo en la vida de los seres humanos es la hipocresía y la mentira, junto con la envidia.

—Son pecados horribles que cometen los hombres con demasiada frecuencia y existen casos peligrosos para la convivencia. Yo te voy a contar, Simón, la historia de lo que le sucedió al literato Mizrain con el historiador José.

—Esa historia tiene que ser muy interesante, Judas Tadeo, pero por lo que observo, muy dura y muy fuerte. Cuéntame qué pasó ahí tan tremendo.

—Mizrain conoció a José y ambos dialogaron muy animadamente de sus inquietudes artísticas e intelectuales. Mizrain le confesó con sinceridad todo lo que escribía a José y este, en cambio, le contó unas historias de que había escrito muchas narraciones y de que además cultivaba el teatro y que era poeta. Mizrain creyó en las palabras de José y confió en él y le entregó un escrito suyo para que José lo leyera y se lo comentara y después se lo devolviera. José se quedó con el escrito y le comentó algo en sentido negativo de lo narrado por Mizrain, pero hizo silencio y no le devolvió lo que le había solo prestado Mizrain, porque este no le dijo que se lo quedara y no era un regalo. Conforme pasaba el tiempo, José no paraba de contarle historias a Mizrain sobre éxitos que él había conseguido a través de sus narraciones y de sus poesías. Tiempo después, Mizrain conoció a Arcos, que sabía mucho de José y lo conocía muy bien. Y cuando hablaron de él, Arcos le desveló que el tema de las abundantes actividades literarias de José era todo puras patrañas y que José lo único que había hecho es estudios de Historia y algunos escritos historiográficos y de temas religiosos, pero que José, de cada veinte cosas que decía, una era verdad y que era un falso y un mentiroso como pocos ha dado el mundo.

»Cuando Mizrain supo el asunto de este personaje tan siniestro que había tenido la desgracia de que se cruzara en su vida, no hizo otra cosa que recordarle a José el manuscrito que en su día le prestó para que se lo devolviera después y que no lo hizo. José, de inmediato, y dándole mucha seguridad a Mizrain de que se lo iba a devolver pronto, no lo hizo y lo dejó pasar. Entonces Mizrain, cuando lo vio más veces, le insistió en que se lo devolviera y que cumpliera con su palabra. Y José le siguió dando larga. Hasta que un día fue José el que llamó a Mizrain cuando iba por una calle y le aseguró esta vez del todo que lo tenía en su casa y que se lo iba a entregar. Y quedaron en un lugar muy conocido de Lagash para hacerle la entrega. Cuando Mizrain llegó al lugar de la cita y a la hora concertada, no había ni rastro de José. Entonces, otro día se encontró con José por la calle y le dijo que no había ido a darle ya de una vez algo que era suyo. José le dijo que no había podido ir, pero que quedaran otro día en el mismo lugar que ya se lo iba a dar seguro. Pero José volvió a dejar plantado a Mizrain. Entonces este vio a Malachi, que era muy amigo de José y le contó todo lo que le estaba sucediendo tan tremendo con él. Malachi le reprendió y le dijo mucho a José que eso no se hace y que se comportara de una vez y le diera a Mizrain lo que le había pedido y que él varias veces le había asegurado que se lo iba a retornar. Y sucedió que al fin se encontró Mizrain con José y este llevaba un manuscrito debajo del brazo, pero no era el de Mizrain, y entonces le comentó que si ese manuscrito era parecido al que él le dio en su día, que para qué creía Mizrain que él se quería quedar con eso, que lo había perdido y hacía un año que murió su padre y que se tiraron muchas cosas en su casa y que ya no lo tenía. Después de tantas mentiras, plantones, enredos y falta de palabra y de tanta hartura y desquiciamiento, Mizrain le dijo a José que nunca le dirigiera más la palabra. Mizrain siempre observó que José iba mucho a los templos y que era muy religioso, pero después de cometer una canallada de las dimensiones y características que hizo con él, llegó a la conclusión de que es penoso ver de qué abundante manera tenía la fe en su boca y en sus visitas a los templos y en cambio con qué poca o nula abundancia la ponía en sus comportamientos. Para gente como José no parece sino que es virtud para predicarla y no para practicarla. Mizrain acabó enfermo y destrozado por la salvajada mental que le hizo José durante tres años de su vida, que se los quemó por completo, sufriendo obsesiones continuas y padeciendo un sinvivir horroroso durante todo este largo periodo de tiempo.

—Esa historia es estremecedora, Judas Tadeo, eso es más bien una tragedia.

—Una tragedia para una persona noble, sincera, honrada y limpia de corazón, que confió en José y vaya lo que le pasó con este bárbaro. Por eso, Simón, aquí ya tienes un testimonio de lo que son algunos cristianos, todos los días rezando, adorando a Dios constantemente, proclamando su fe por todo lo alto, y luego, por otro lado, a personas buenas que no les han hecho nada, ni le han mentido, y que han confiado en ellos, y se entretienen en hacer brutalidades y agravios como el que hizo José con Mizrain. ¿Para qué tanta fe y amor a Dios, señor José, si luego cometes unos pecados que están totalmente fuera del cielo y que ni Dios ni nadie puede querer a seres que se comportan de esa manera tan canalla y tan cruel?

Capítulo 14

PREDICACIÓN EN PERSIA

Tras predicar el Evangelio por varias ciudades y pueblos del reino de Persia, Judas Tadeo y Simón el Cananeo hacen un alto en el camino un día en el que la actividad evangelizadora ante multitud de nuevos fieles ha sido muy intensa y provechosa.

—Judas Tadeo, uno de los temas del Evangelio que más me gusta tratar es el de la humildad. Si todos fuéramos humildes, el mundo sería infinitamente mejor y habría mucha mejor convivencia.

—Pues ahora que me dices eso y ahora que estamos predicando en Persia, te voy a contar algo de lo que me he enterado que precisamente no tiene nada que ver con la gran virtud que es la humildad.

—¿Y de quién se trata, Tadeo?

—El reino de Persia, Simón, está dividido en extensas regiones que se llaman satrapías. Cada una de estas satrapías es gobernada por un sátrapa. Y, no hace mucho, uno de estos sátrapas tuvo un comportamiento que no tiene nada que ver con la humildad y que fue de una gran injusticia.

—¿Qué ocurrió con ese sátrapa, Tadeo?

—Algo muy indignante y miserable, Simón, algo

que no encaja para nada en el reino de los cielos. Resulta que al sátrapa Alfonso, en uno de los encuentros que tuvo con un administrador general, este le saludó muy normal y con respeto y simplemente le dijo: «Hola, Alfonso». Pues el sátrapa Alfonso se sintió muy molesto por este saludo del administrador general Lucio Recio, porque el muy soberbio creía que debía haberle saludado como Excelentísimo, Eminentísimo, Ilustrísimo señor don Alfonso. Los que estuvieron presentes en ese momento vieron que el administrador general Lucio Recio lo saludó con respeto y sin ningún detalle feo hacia el sátrapa Alfonso. Pues sucedió, Simón, que por ese detallito o ni siquiera eso, por esa llana y simple insignificancia, el sátrapa destituyó del cargo de administrador general a Lucio Recio. Lucio era un hombre honrado, inteligente, el número uno en la promoción de administradores de la satrapía y con un brillante expediente en toda su carrera de administrador. Un hombre culto, amable, simpático y respetuoso con todo el mundo y que todos sus compañeros y administrados y todos los que lo conocían lo apreciaban y lo admiraban. Pues ahora el sátrapa de Alfonso, un tirano y un déspota como todos los sátrapas del reino de Persia, frustró la excelente carrera en la administración de Lucio Recio por un gesto o sensibilidad de prepotencia y de grandeza del miserable sátrapa, que no le correspondía el cargo que ostentaba en la satrapía del reino de Persia. Y por si fuera poco, Alfonso el sátrapa tiene un hermano que es el gobernador de la satrapía más extensa de toda Persia. Pues Juan el sátrapa, su hermano, es el político más corrupto de toda la historia del reino persa, que con fondos de la administración se ha enriquecido personalmente y es propietario de palacios, viviendas y territorios de la satrapía que gobierna.

—Vaya historia más injusta y vergonzosa, Judas Tadeo. Estas realidades tan lamentables hay que tratar de evitarlas todo lo posible, extendiendo la palabra de Dios a la gente y realizando nuestra actividad evangelizadora cuanto más mejor y lo más acertadamente posible.

—Apostemos por la palabra de Dios a todos los hombres, Simón, para que cosas como las que me has contado no ocurran en este mundo.

Capítulo 15

Persia, ciudad de Maragha

Judas Tadeo y Simón el Cananeo llegan a la ciudad de Maragha y allí se encuentran con Yasaman, una mujer que les habla muy angustiada y al mismo tiempo esperanzada y con mucha fe y admiración y amor hacia los dos apóstoles.

—Mis queridos apóstoles, fieles siervos de Nuestro Señor Jesucristo, que murió por nosotros y ahora está en la gloria del cielo, yo me llamo Yasaman y ahora estoy saliendo de un infierno que he padecido en mi vida.

—Cuéntanos las causas de tus desdichas, amiga Yasaman, haremos todo lo posible en nombre de Dios para aliviar y sanar tus penas y tu dolor.

—Muchas gracias, mi querido apóstol Judas Tadeo. Sé que están haciendo mucho bien en esta tierra de Persia, extendiendo el Evangelio y favoreciendo a todas las personas que se encuentran a su paso durante todas sus peregrinaciones. Pero, por desgracia, todo el mundo no hace el bien, existen personas extremadamente crueles que están muy lejos, demasiado lejos del bien y parece que actuaran de manos del diablo, parece que fueran discípulos de Satanás.

—Cuéntanos, Yasaman, qué es lo que os ha pasado, con quién te has topado en tu vida que te haya agraviado.

—Os cuento toda la historia de lo que han hecho con mi hijo Matías. Mi hijo hace tiempo que padecía de nervios y de problemas mentales. Para intentar repararle estos problemas de salud y que se recuperase y pudiese hacer una vida más normal, decidimos su padre y yo que ingresara en un Maristán. Y el remedio que buscamos para nuestro hijo Matías fue muchísimo peor que lo que él padecía realmente antes de entrar en este centro de salud.

—¿Qué es lo que pudo pasarle a su hijo Matías en ese hospital, Yasaman?

—Algo de lo más horrible que pueda existir, mis queridos apóstoles. Os cuento ya directamente esta trágica y conmovedora historia.

—Mi hijo Matías pasó consulta nada más ingresar en este Maristán con el galeno Juan Gil. Él siempre me ha contado que este hombre fue un hipócrita, que lo trató muy amablemente y con mucho cariño durante varias consultas, para después mandarlo a crueles sesiones de torturas y tratos inhumanos.

—¿Qué le hizo este galeno a su hijo Matías, Yasaman? Los médicos se supone que se dedican a sanar y no a dañar y torturar y provocar malos tratos como nos está contando.

—Las peores torturas y salvajadas que se le pueden hacer a una criatura. El médico Juan Gil lo mandó desnudar y atar de pies y manos para que no pudiera hacer ningún movimiento y defenderse.

—¡Qué cosa más fuerte y más tremenda!

—El galeno Juan Gil mandaba a los enfermeros que

trabajaban a su servicio, y que eran todos unos desalmados como él, que practicaran y emplearan toda su fuerza bruta y su maldad en masacrar con todo tipo de torturas a mi pobre hijo Matías. Estuvieron sin darle de comer alrededor de un mes y, mientras tanto, el galeno Juan Gil preparaba unas yerbas y unas sustancias para que mi hijo vomitara, tuviera fuertes diarreas, orinara constantemente y sufriera de mareos y fuertes dolores de cabeza. Mi hijo Matías me contó que una noche tenía unos tremendos dolores en la cabeza y no podía dormir de todas las porquerías que le habían metido en el cuerpo estos canallas mandados por el galeno desalmado Juan Gil. Como se encontraba tan mal, comenzó a gritar desesperado y entonces llegó un enfermero y se puso a darle violentas patadas en su cuerpo desnudo y mi hijo, atado de manos y pies, no pudo defenderse de las brutales agresiones de este salvaje. La historia es mucho más larga y pasaron muchas más atrocidades que cometieron con mi hijo, pero pienso que con lo que les he contado ya es suficiente y no quiero desagradarles más, mis queridos apóstoles, con esta macabra historia. Solo voy a decirles para terminar que hasta qué punto hay gente mala en este mundo y que el galeno Juan Gil es de las personas más crueles que han existido en la historia de la humanidad. Porque hacer eso con enfermos indefensos y ganando un buen estipendio, porque le pagaban muy bien, para encima cometer esas atrocidades.

—¿Y qué fue de ese hombre tan malo, qué pasó con él?

—Al final lo persiguió la justicia, pero logró huir de Persia y sus delitos quedaron impunes. Hay noticias de que este galeno tan malvado está en la actualidad viviendo tranquilamente en el sur de Hispania en una ciudad que se llama Malaca.

—Una historia muy terrible e injusta. Algún día debería pagar ese bárbaro por todo lo que hizo y que no gozara de esa repugnante impunidad —comentó Simón el Cananeo.

—Pero hay muy buenas personas en este mundo que llevan el bien a todas partes, como hacéis vosotros, mis queridos apóstoles Judas Tadeo y Simón el Cananeo y yo y todos los fieles os queremos y os admiramos. Mi hijo Matías poco a poco se va recuperando, pero el proceso será muy largo y las secuelas de tanto como ha padecido se le van a quedar para siempre.

—Rezaremos y pediremos a Dios porque su hijo Matías se recupere y quede lo mejor posible, querida Yasaman.

—Id con Dios siempre, buenas personas y que Él esté con vosotros y os bendiga.

Capítulo 16

MARTIRIO EN PERSIA, CIUDAD DE SUANIS

Después de recorrer todo el territorio persa, Judas Tadeo y Simón el Cananeo habían predicado y corregido muchos errores y vicios, consiguiendo convertir a la mayoría de los habitantes. Levantaron capillas donde el pueblo iba a rezar. Pero todo esto provocó las envidias y el odio. En la ciudad de Suanis, al llegar los dos apóstoles, se arrojaron sobre ellos, los prendieron y los llevaron a un templo. Un ángel del Señor se apareció ante Judas y Simón y les dijo que eligieran si toda esa gente muriera en ese momento o su propio martirio. Los apóstoles eligieron el honor de morir mártires para que la ciudad tuviera la gracia de su conversión. Antes de su final, Judas Tadeo tuvo una visión, pues le dijo a Simón el Cananeo que veía a Jesucristo que los llamaba hacia él.

FIN